Victor veut un animal

Bertrand Fichou est né en 1962 à Caen. Après des études de lettres et de journalisme, il est entré dans le monde de la presse. Aujourd'hui, il travaille comme rédacteur en chef au magazine *Youpi*. Il garde du temps pour écrire de nombreuses histoires, publiées dans les magazines de Bayard Jeunesse.

Du même auteur dans Bayard Poche :
Les vacances de Crapounette - Crapounette à l'école (J'aime lire)

Éric Gasté est né en 1969 à Angers. Après avoir fait l'école Estienne à Paris, il devient rédacteur graphiste au *Journal de Babar, Youpi*, puis à *Astrapi* et *J'aime lire*. Il illustre essentiellement des histoires pour les tout-petits et habite désormais à Toulouse.

Du même illustrateur dans Bayard Poche :
Ric la terreur - Sonia la colle - Perdu chez les sorciers (Mes premiers J'aime lire)
Je suis un chat bleu ! - La soupe à la grimace - Le loup vert (Les belles histoires)

Dépôt légal : mars 2006
Loi du 16 juillet 1949 sur les publications destinées à la jeunesse.

Victor veut un animal

Une histoire écrite par Bertrand Fichou
illustrée par Éric Gasté

mes premiers j'aime lire
BAYARD POCHE

ECOLE
Ça, c'est la planète école
La fusée bus scolaire qui nous emmène à l'école
ECOLE
Ça, c'est ma maison
Salut ! Je m'appelle Victor.
La planète stade pour faire du sport

L'Étoile Bleue
c'est là que papa
travaille
SUPERMARCHÉ
La planète
Supermarché
La planète
fête foraine
La planète Hôpital
c'est là que maman
travaille
PÉDIATRIE
URGENCES
RADIOLOGIE
La planète vacances
...et il y a encore plein d'autres planètes...

ECOLE

Chapitre 1

Un samedi après-midi…

Aujourd'hui, c'est samedi dans toute la galaxie. Et, le samedi, il n'y a pas d'école. Alors moi, Victor, je reste à la maison. Et je tourne en rond. Notre planète ne m'a jamais paru aussi petite. Je m'ennuie…

Si seulement mes copains étaient chez eux ! Je grimperais sur mon vaisseau à pédales et, hop ! j'irais les rejoindre plus vite qu'une étoile filante... Mais Alex passe la journée chez sa mamie, Gabin fait des courses avec ses parents, et Mina est couchée avec une bonne grippe...

J'ai demandé à papa et maman de jouer avec moi, ils m'ont répondu qu'ils n'avaient pas le temps, qu'ils avaient du bricolage à faire dans la maison.

Dans un coin du jardin, je retrouve mon vieil héliphant à roulettes. Je lui dis mollement :

– Et toi, tu n'aurais pas une idée pour nous occuper ?

Il me fixe de ses yeux ronds. Tout à coup, DZIIIING ! Mais oui ! Il m'a donné une idée ! Une idée GÉ-NIA-LE !

Chapitre 2

L'idée de Victor

Je m'engouffre dans le salon, et je crie :

– Je veux un animal !

Papa et maman font un bond sur le canapé, l'air tout endormis. C'est bizarre, je croyais qu'ils bricolaient…

– Quoi ? Un animal ? Mais… pour quoi faire ?

Je suis décidé :

– Ben... pour jouer ! Pour avoir un copain à la maison !

– Mais... un animal, c'est sale ! dit maman.

– Et puis, ça prend de la place ! dit papa.

– Il faut s'en occuper tout le temps ! dit maman.

– Ça fait du bruit ! dit papa.

– Ça...

Je deviens tout rouge, et je me mets à hurler :

– Je m'ennuie ! Je veux un animal !

Papa dit doucement :

– Moi, au travail, je passe mes journées à chasser les monstres de l'espace. Et je peux te dire que les animaux sont parfois terribles !

– Il y en a aussi des gentils ! Je veux un animal.

Maman me prend la main :

– Et s'il tombe malade ? Que feras-tu ?

– Tu es docteur de l'espace, tu le soigneras. Je veux un animal.

– Et s'il a envie de faire pipi la nuit, qui va le sortir ?

– Je veux un animal.

Papa et maman se regardent ; ils ont l'air bien embêtés. C'est normal, je suis triste, et je fais tout pour que ça se voie bien sur ma figure.

Papa et maman discutent un peu à voix basse en me regardant, puis papa dit :

– Bon. Ta mère et moi, nous sommes d'accord pour un animal.

Je hurle de joie en faisant des bonds dans tout le salon :

– Hourra ! Youpi !

– Mais attention ! dit maman. Nous sommes d'accord pour un PETIT animal, un gentil, un qui ne fait pas de bruit, qui ne mange pas trop, qui ne fait pas des crottes partout...

Je saute par-dessus le canapé :

– Oui ! Oui ! Oui !

Papa soupire :

– Alors, direction la planète fourrière, c'est là que sont gardés tous les animaux perdus de la galaxie.

Je dis :

– Oui, oui, ouiIIIIIIII !

Nous filons à travers l'espace à bord de notre fusée. Je suis tellement pressé de trouver un copain qui va courir avec moi dans le jardin ! Je n'arrête pas de gigoter sur mon siège. Papa et maman sourient de me voir aussi content. À un moment, j'ai bien cru qu'ils allaient me dire non. Mais peut-être que, finalement, ils ont aussi un peu envie d'avoir un animal à la maison ?

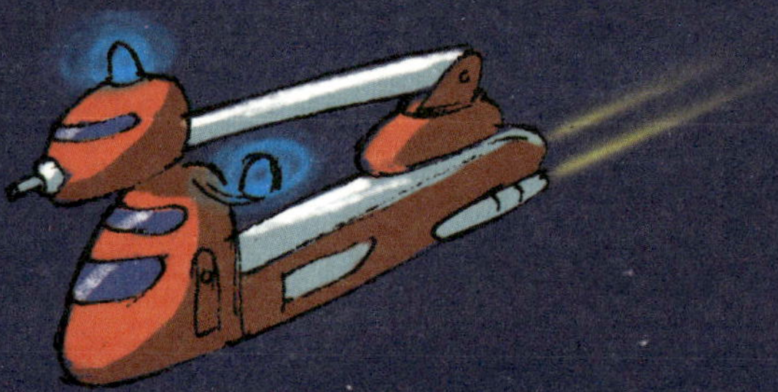

20-31X

Chapitre 3

Lequel choisir ?

Nous sommes arrivés. Le robot gardien nous accueille avec une voix de casserole rouillée :

– Bien-ve-nue.

Je n'imaginais pas la planète fourrière comme un endroit aussi triste, avec toutes ces cages et ces pauvres animaux qui couinent derrière les barreaux.

Le robot gardien dit :

– Ne-vous-ap-pro-chez-pas-des-ca-ges, vous-ris-quez-de-vous-fai-re-mor-dre.

Si on m'enfermait, moi aussi, j'aurais envie de mordre ! Je m'arrête près de la première cage. Derrière les barreaux, un roubidou à queue blanche me fixe avec ses tout petits yeux malheureux. Il est ÉNOOORME ! Je sais que c'est un roubidou parce que j'ai un livre avec des photos des animaux de l'espace. J'attrape la main de maman :

– C'est celui-là que je veux !

Papa et maman froncent les sourcils et répondent en chœur :

– Trop gros !

Maman passe à la cage suivante. Elle dit :

– Celui-ci, il sera parfait ! Regardez comme il a l'air mignon, gentil tout plein ! Viens, mon kiki...

Elle s'avance, mais tout à coup le petit animal ouvre un œil bizarre...

Je la préviens :

– Attention, maman, c'est un claque-dents...

À peine maman s'est-elle approchée que le claque-dents se met à cracher et à claquer des mâchoires en faisant des bonds dans sa cage :

– GROOOAAAR !

Hou là, là ! Il m'a fait peur !

Papa dit :

– Trop méchant.

CLAQUEDENTS

Papa arrive à la cage suivante :

– Alors, plutôt celui-là ? Je le trouve très bien !

C'est un tigoulu à points rouges, minuscule, tout petit, un animal de rien du tout…

Papa dit :

– Au moins, il ne prendra pas trop de place.

Maman demande :

– Mais pourquoi cette montagne de croquettes ?

Le tigoulu voit qu'on s'intéresse à ses croquettes. Elles forment un tas qui monte jusqu'au plafond ! Il croit peut-être qu'on veut les lui voler ? D'un bond, il se jette dessus et il avale tout en une seule bouchée.

– Trop glouton ! dit maman d'un air dégoûté.

Dans la dernière cage, nous découvrons un animal ni trop gros, ni trop petit. Je crois que c'est un paresseux des montagnes. Il a l'air vraiment gentil, et pas vorace du tout.

Papa annonce d'un air très fier :

– Celui-là, c'est le bon ! J'en suis sûr !

Mais, tout à coup, le joli petit animal se roule en boule, et il s'endort. Les murs de sa cage se mettent à trembler :

– RON PICH, RON PICH, RON PICH...

– Trop ronfleur ! dit maman.

Je m'inquiète :

– Mais, maman ! C'est le dernier ! On le prend, dis, on le prend ?

Papa et maman font « non » en secouant la tête. Ils ont l'air désolés, et moi, je suis désespéré ! J'ai compris, c'est fichu…

Chapitre 4

La dernière chance

– A-lors ? demande le robot gardien. Lequel-pre-nez-vous ?

– Aucun, dit papa. Nous n’avons pas trouvé l’animal qui pourrait être heureux chez nous, et qui nous rendrait heureux.

Je sentais bien qu’il allait dire ça. Je suis super déçu. J’aurais tellement voulu un ami pour jouer…

Nous repartons dans notre fusée, juste nous trois.

– Tu sais, dit maman, nous aussi, nous sommes tristes. Dans le fond, j'ai toujours rêvé d'avoir un animal à la maison. Mais je pensais que ton papa n'en voulait pas…

– Quoi ? s'écrie papa en se tournant vers maman. Moi, je croyais que c'était toi qui n'en voulais pas !

Tout à coup, un petit point apparaît au milieu de l'espace. Je le montre du doigt :

– Regardez ! Qu'est-ce que c'est ?

– Je ne sais pas, dit papa en tournant le volant. Je ne vois pas bien… On va s'approcher.

C’est une petite boule de poils, qui flotte la tête en bas. Elle est jaune avec des taches vertes.

– Ça alors ! s’écrie papa. Un ouiskiki nain ! Mais qu’est-ce qu’il fait là ?

Maman dit :

– Il a dû être abandonné par son maître ! Il y a vraiment des gens cruels !

Je bondis sur l'occasion :

– Si on l'adoptait ? Il n'est pas bien gros, il ne prendra pas trop de place à la maison ! Et puis, ça ne mange pas beaucoup, un ouiskiki nain. Et puis, quand ça dort, ça ne fait pas plus de bruit qu'un courant d'air. Et puis, il a l'air si gentil…

Papa et maman se regardent. Et ils hochent la tête. Ça veut dire « oui » ! Chouette !

Avec la pince à ressort de la fusée, papa attrape le petit animal. Il est tout mignon, il jappe timidement, trop content de ne plus flotter tout seul dans l'espace !

Mon nouveau copain me donne des petits coups de langue. Je me tortille :

– Hi, hi, hi ! Arrête, tu me chatouilles !

Maman dit :

– Il faut lui donner un nom.

Je propose :

– On pourrait l'appeler… Jupiter ?

– Bon, allez, c'est d'accord, répond papa.

Et la fusée redémarre, direction la maison.

Assis à l'arrière de la fusée, je me pince le nez pour ne pas rigoler. Parce que mon papa s'est trompé, j'en suis sûr : les ouiskikis nains n'ont jamais de taches vertes. Je l'ai lu dans mon livre sur les animaux. Je sais à quelle espèce appartient Jupiter : c'est un groglou à poil jaune ! Un bébé. C'est pour ça qu'il est petit. Lorsqu'il sera adulte, il deviendra plus gros que nous trois réunis ! Mais je préfère ne rien dire pour le moment à papa et maman. Ça leur fera une super surprise... Hi, hi !

Achevé d'imprimer en avril 2006 par Oberthur Graphique
35000 RENNES - N° Impression : 6810
Imprimé en France